이젠 겨울에서 나와

봄 같은 인생을 살아

monostory 003

티벳상점

이지안

eastend

차례

티벳상점 ——— 07

작가의 말 ——— 85

작가 인터뷰 ——— 95

티벳상점

확실히 해가 길어져 퇴근 후에도 하늘은 밝았다. 장을 보기 위해 집을 나섰다. 이 동네는 높은 빌딩이 없고 산과 가까운 것이 퍽 마음에 든다. 집에서 15분 정도 걸으면 작은 시장이 하나 나온다. 닭과 부추를 샀다. 요리는 거의 해본 적이 없지만, 별안간 삼계탕에 도전했다. 삼계탕은 작년 겨울 8년을 만나고 헤어진 남자친구가 자주 해주던 메뉴다. 내가 처음 취직했을 때도 그는 축하 파티라고 작은 방에서 다리 한쪽이 휘어 기울어진 상 위에 궁중 팬에 끓인 삼계탕을 작은 케이크와 함께 차렸다.

"자, 비닐장갑 끼고. 다리는 공평하게 한 쪽씩. 너 준다고 인삼도 세 뿌리나 넣었다. 그리고 옵션이 하나 더 있지."

"옵션?"

"짜잔, 부추!"

"삼계탕에 부추를 넣는다고?"

"부추를 국물에 넣으면 얼마나 시원한데. 기력 회복에도 좋고."

부추가 섞인 뽀얀 삼계탕 국물을 들이켰을 때 몸 가장 가운데서 따뜻한 열이 퍼졌다. 이런 생각을 이제 와 하는 것이 무슨 의미가 있는지. 동네 천변을 걷다 수령이 300년이 넘는다는 보호수 아래 평상에 앉았다. 목이 갑갑하고 숨이

찼다.

　잠시 숨을 고르고 다시 걷는데 낯선 간판 하나가 눈에 띄었다. 푸른 네온사인으로 라마 한 마리가 그려진 간판이었다. 간판이 달린 가게는 진녹색 담장 뒤 하얀 직육면체의 작은 건물이었다. 160센티미터가 조금 넘는 내 키와 비슷한 높이의 담장 사이로 난 통로를 따라 들어가니 작은 코 위에 얹힌 안경처럼 잘 닦인 창문 두 개가 나란히 앞으로 뚫렸고, 문에는 크기 별로 색깔이 다른 다이아몬드가 중첩된 그림이 걸려 있었다.

　문 앞에서 망설였다. 들어가도 될까? 문고리만 바라보며 서 있는데 문틈 사이로 스며 나온 장미 향이 나를 이끌었다. 문을 당겨 들어간 가게는 너무 작지도, 크지도 않은 적당한 규모였다. 담장 색깔과 비슷한 진녹색 천 위에

붉은색 실로 한 자 한 자 수놓은 '티벳상점'이라는 글자가 정면으로 보였다. 책으로 가득한 좌측 벽면, 칸칸이 크고 작은 물건이 진열된 우측 벽면, 정중앙에는 파도처럼 굽이치는 듯한 모양의 커다란 탁자 위에 검은 도자기 찻잔과 주전자가 놓여 있었다. 주황색 두건을 두르고 같은 계열 컬러의 보헤미안 원피스를 입은 젊은 여자가 탁자에 기대어 서서 책을 읽다 인기척에 나를 쳐다봤다. 그녀는 작고 마른 몸에 크고 영롱한 눈망울, 코와 입은 작아서 아이같이 어려 보였다.

"타시에 델렉Tashi Delek, 편하게 둘러보세요."

사장에게 눈인사 후 물건이 채워져 있는 진열대로 향했다. 체링이 라마의 털로 만든 손수건, 라체가 티베트고원에서 자란 소의 젖으로 만든 치즈, 텐진 가족이 3대째 만들어온 실단지 같이 물건 하나하나마다 만든 사람의 이름과

제작일, 주의 사항 같은 것들이 적혀 있었다.

"물건들은 직접 티베트에서 가져오신 건가요?"

"네, 제가 얼마 전까지 티베트에 살다 왔는데요, 저와 인연이 닿았던 사람들이 만든 것들을 직접 가져온 거예요."

티베트가 어디 붙어있는 나라인지도 몰랐지만, 호기심에 물건들을 유심히 살폈다. 진열대 맨 위에서 가장 오른쪽의 세 번째 칸, 작은 유리그릇 위에 놓인 검은 반지 하나가 눈에 띄었다. 샤친이 옥돌을 직접 갈아 만든 반지. 왼손바닥 위에 반지를 올려놓고 손바닥을 이리저리로 기울이며 반짝이는 반지의 검은 빛을 감상했다.

"그 반지는 좀 특별해요. 꼭 두 개를 만들어서 가족이나 소중한 사람이 하늘로 돌아갔을 때 하나는 산 사람이 가지고, 하나는 죽은 사람 손에 끼워준대요. 손에 착용해 보셔도 괜찮아요."

반지를 왼쪽 검지에 껴 보았다. 헐렁하게 컸지만 손가락에 닿는 부드러운 감촉이 꼭 누군가의 손에 깍지를 낀 느낌이었다.

"저 이 반지 두 개 살 수 있을까요?"

"그럼요. 포장해 드릴게요."

사장은 종이로 반지 두 개를 각각 포장한 다음 은은한 광택이 도는 자주색 실로 만든 단지에 넣었다. 나는 사장이 어쩌다 여기에 이런 가게를 열었는지 궁금했다. 반지가 담긴 단지를 가방에 넣은 뒤 사장에게 물어볼까 고민하며 머뭇거리다 결국 인사만 하고 밖으로 나왔다. 사실, 언젠가부터 난 내 안의 말을 하지 않는 것이 더 익숙하고 편했다. 그게 나를 지키는 방식이었다.

*

늘 무표정하고 내성적인 아이. 어린 시절엔
눈이 작고 말수가 적어 "무슨 생각을 하는지
모르겠다"라는 말을 자주 들었다. 작고 말랐으며,
유독 소리에 민감했다. 크고 작은 소리를 피해
친구도 잘 만나지 않고 골방 안으로 파고들었다.
그런 내게 그림을 그리는 것은 아무도 없는
나만의 공터에 머물며 쉬는 일이었다. 오른쪽
팔목에 파스를 칭칭 휘감도록 그림을 그리며 나는
환희에 벅찼다. 그림을 그리고 싶다는 생각이
든 직후부터 몸속에 뼈가 자라나는 느낌이었다.
자정이 다 된 시각까지 학교 미술실에 남아
캔버스 위로 활강하듯 떨어뜨리는 붓질
하나하나에 행복했다. 봄나무에 돋아난 새순의
빛깔처럼 좋은 물감이 내는 청명한 색깔들은

'선명하게, 영롱하게 살아보라'라고 말하는 신의 계시 같았다.

그렇게 중학생 때부터 시작한 그림을 13년간 그리고 그만뒀다. 친구들이 자리를 잡고 하나둘 청첩장을 보내기 시작할 무렵, 나는 그림으로 돈 벌 재주는 없다는 생각에 그림을 접고 직원이 스무 명 남짓한 작은 마케팅 회사에 신입사원으로 입사했다. 사람이 부족한 회사에서 나를 갈아 넣듯 주어지는 대로 일했다. 정확한 출퇴근 시간도 없었다. 한 가지 일을 회신하면 그에 대한 답으로 서너 개의 일이 밀려 들어왔다. 그래도 나쁘지 않았다. 그림을 그릴 때는 끝나지 않을 것 같던 싸움이 회사에서는 마감 기한만 넘기면 정확하게 끝났다. 허무한 해방감이 들었다. '평범한' 일을 하는 많은 사람들이 원하는 게 고작 편안한 저녁이라는 것에, 진전없는 일에 필요 이상으로 자책하지 않고 시간을 그저 흘려보낸다는 것에 괴리감을 느꼈지만 차차 적응했다. 일을 마치고 집에 와 오랜만에 TV를 보며 웃기도 했다.

나는 사실 사람들이 더 무서웠다. 미대를 나온 것 같던데 혹은 그림을 그린 것 같던데, 결국 여기서 시작하는구나. 이것도, 저것도 못 했구나. 사람들이 아직 그림을 그리는지 물으면 "접었지"라고 짧게 답할 뿐 더 설명하지 않았다. 아무도 모르게 그림을 그렸다. 노트 위에 끄적인 그림이 마음에 들면 스크랩했다. 고양이 그림도 있었고, 여자의 초상화도 있었다. 발가벗겨진 여자의 모습도 있었고, 무수한 점만 찍어 나무를 그리기도 했다. 노트가 책장 한 칸을 다 채워갈 즈음에도 나는 그림을 그린다고 말하지 않았다.

1년 전쯤 광화문 네거리에 있는 직원이

400명쯤 되는 회사의 마케팅 부서로 이직했다. 이곳에 들어와 가장 신기했던 것은 반기에 한 번씩 하는 인사 평가였다. 평가 시즌이 되면 반기 동안 한 일들을 정리해 시스템에 입력했다. 그러면 고과 A, B, C 중 하나를 받았고, 같은 등급의 사람들과 한배를 탔다는 느낌은 안도감을 줬다. 나는 이것이 '안전하다'라고 느꼈다. 그림을 그릴 때는 혼자서 나를 증명해야 했다. 그림을 그만두고 시작된 평범한 삶은 남들처럼 어느 날은 위로, 어느 날은 아래로, 그렇게 롤러코스터를 타듯 살아도 괜찮았다.

 올해 초 본가에서 도보로 30분쯤 떨어진 곳에 집을 구해 처음으로 독립했다. 남자친구와 이별한 작년 겨울 나는 불면증에 시달렸다. 그림도 사라지고 그도 사라졌다. 이제 어딜 향해 걸어야 할까. 잠 못 이루는 새벽에는 책상에 앉아 그림을 끄적거렸다. 아버지가 아직도 등이 켜져 있는 내 방에 찾아와 "회사 일이 그렇게 많냐" 물었다. 나는 "내버려두세요" 신경질을 냈다. 그 이후로 잠이 오지 않을 때마다 밖에 나가 걸었다. 들키고 싶지 않았다. 그림을 그만뒀을 때처럼 내가 길을 잃었다는 것을. 그래서 집을 나왔다. 퇴근하고 저녁을 먹기 위해 본가를 향해 걷는 30분 동안 부모님께 오늘은 이걸, 이만큼만 얘기해야지, 정리했다. 오늘도 돈을 벌며 멈추지 않았다는 걸 말하자고 생각했다.

*

"너는 여자애가 몸을 그렇게 굵어대면 어떻게 해. 피부 좀 봐. 날 더워지면 팔다리 내놓고 다녀야 하는데 남들이 보면 어쩌려고 그래."

샤워를 마치고 거울 앞에서 소매와 바지를 걷었다. 종아리 위는 얼룩덜룩한 긁은 자국투성이였다.

"언제 이렇게 됐지."

"아토피를 달고 사는 애가 그것도 몰랐어?"

"이번 주에 병원 가는 걸 깜빡했네."

"정신을 그런 데도 좀 써라."

"응, 내일 병원 갈게."

아버지가 안방에서 걸어 나왔다. 아버지는 내 다리를 한 번 훑어보더니 식탁 앞에 앉았다. 나는 밥솥에서 흰 쌀밥을 밥공기 세 개에 담아 차례로 식탁에 올렸다.

"내일 미숙이 언니랑 제천에 등산 가기로 했어."

"이모가 시간이 된대?"

"엄마 생일이라고 언니가 가게 일하는

아줌마한테 맡기고 같이 가준대."

"꽃구경하겠네. 요즘 꽃 많이 피었던데."

"할 거 없으면 따라오든가."

"됐어."

"남들 시집가서 애 낳고 자식이랑 꽃구경 갈 때 넌 뭐하니."

"사랑하는 부모님이랑 저녁 먹고 있지."

그러게, 난 지금 뭘 하고 있을까. 생각이 흐트러질 때쯤 억지로 말을 이었다.

"그 피부과 의사, 좀 이상해."

"무슨 피부과? 네가 다닌다는?"

"응. 자꾸 뭘 물어."

"뭘?"

"회사는 언제부터 다녔냐, 무슨 팀이냐, 몇 살이냐."

"또?"

"결혼했냐, 애인은 있냐."

"어머. 웬일이야. 너한테 관심 있는 거 아냐?"

나는 아버지를 쳐다봤다. 아버지는 국그릇을 두 손으로 들고 국물만 들이켰다.

"아빠는 어떤 거 같아?"

"내가 어떻게 알아. 얼굴 한 번 본 적 없는 놈을."

"아빠, 의사면 돈도 많을 건데?"

"연희 너도 돈 벌잖아."

"야, 네 아빠가 뭘 아니. 좀 잘 봐. 피부과 의사면 1등 신랑감이네."

나는 밥을 먹는 아버지의 얼굴을 빤히 바라봤다. 결혼, 정확히는 가족을 바라보는 시큰둥함은 여전했다. 그동안 아버지는 딸인 나에게도 '열정적으로' 자상했던 적은 없었다. 그는 집에 있는 동안 거의 말이 없었고 학창 시절에도 진로든 성적이든 나를 위해 어떤 것도 조언하거나 결정해 준 적은 없었다.

    아버지는 명태잡이 어부의 아들이었다. 그 일은 아주 오래된 가업이었다. 아버지를 보고 사람들은 동네에서 천재가 나왔다고 했다. 아이들 열에 일곱 여덟은 한글도 다 떼지 못했던 바닷가 마을에서 국민학교 입학 전부터 소설책을 줄줄 읽었다. 사실 아버지는 집안 가득한 소리가 싫었다. 하루 종일 이어지는 조부모의 다툼에 틈만 나면 조용한 교실이나 방파제 위, 대나무 숲 같은 곳들을 혼자 찾아다녔고 시간을 보낼 재밋거리를 찾다가 소설에 빠졌다. 소설은 아버지에게 빈집이었다. 그 집에선 누군가의 아들일 필요도, 고기를 잡을 필요도 없었다. 아버지는 가끔 소설을 썼다. 소설 속에서 나무를 엮어 만든 로봇은 땅의 기운을 받아 마을

수호신이 되기도 하고, 학교에서 싸움을 가장 잘하는 학생이 되어 서울까지 유명세를 치렀다.

    그러나 조부모는 아들이 가업을 이어가길 바랐다. 중학생이 된 아버지는 공부를 마치면 곧장 배를 타러 갔다. 결국 중졸로 학업을 마쳤다. 스무 살이 되던 해, 아버지는 뱃일도 그만두고 상경했다. 작은 회사에 다니며 푼푼이 모은 돈으로 집을 얻었다. 그때 어머니를 만났다. 어머니는 언니와 함께 상경해 이런저런 회사에서 서무를 하며 대학생인 언니를 뒷바라지했다. 그때쯤 아버지에게는 몇 개의 공장이 새로운 일터가 됐고, 공장 동료에게 사기를 맞아 큰돈을 날렸다. 그러고는 서너 해쯤 여관 사글셋방을 전전하며 집에 들어오지 않았다. 그사이 어머니는 남편도 없이 혼자 나를 낳았고 생계를 꾸렸다. 얼마 후 아버지는 집으로 돌아왔다. 고정적으로 일할 수 있는 곳은 없었고, 고향 친구가 일할 사람이 필요한 곳이 있으면 아버지를 불렀다. 다행히 친구가 아버지를 찾는 일은 잦았다. 아버지는 일하고 돌아온 날에는 저녁 늦게 홀로 식사했고, 일이 없는 날에는 집에 있지 않았다. 아직도 아버지가 그때 어딜 다녔는지 알지 못한다.

내가 중학생이던 무렵, 아버지가 사기로 진 빚 때문에 사람들이 집에 들이닥쳤을 때 우리도 모르고 당한 거라며 그들 앞에서 나는 있는 대로 악다구니를 썼다. 엄마는 애가 없는 곳에서 얘기하자며 사정했고 아버지는 방안에서 어떤 각서 같은 걸 쓰는 것 같았다. 나는 사실 그때 커서 엄마를 구해야겠다고 생각했다. 도망쳤던 아버지야 관심 없고, 나를 낳고 한 번도 떠나지 않았던 엄마를 구할 거라고. 아버지가 집에 있어도 나는 엄마 주변만 맴돌았다. 식탁 앞에서도 엄마만 찾고 실기에서 1등을 했을 때도 엄마에게만 자랑했다. 그러면서도 아버지가 내 교복 셔츠를 다릴 때, 방바닥에 대충 내던져진 스케치북을 정리할 때, 그걸 한 장 한 장 열어볼 때 나는 사실 그림에 꽤 재능이 있을지 모른다고, 이 작은 재능이 매캐한 매연처럼 내 목을 서서히 조여온 가난의 공기에서 벗어나게 해줄지 모른다고 그런 희망을 품곤 했다.

*

다음 날 퇴근 후 피부과에 방문해 데스크의 간호사에게 이름을 말하고 소파에 앉았다. 맞은편에 의사의 프로필이 눈에 들어왔다. 벌써 몇 번째 병원을 방문했지만 집중해서 프로필을 읽어

본 것은 처음이었다.

  -1986년생
  -서울대학교 의과대학 졸업
  -강남 O 의원 원장
  -강남 L 의원 원장
  -현 K 의원 대표원장
  -한국피부비만성형학회 정회원

 39살. 그래, 대학을 스무 살에 들어가고 군대 2년, 대학 6년 빼면 의사 생활은 10년째. 3~4년에 한 번씩 병원을 바꿔가며 원장과 대표원장을 지내셨네. 페이닥터라고 해도 원장은 원장이지. 여긴 본인이 직접 개원한 건가. 여기 월세 장난 아닐 텐데.
 "이연희 님, 진료실로 들어가세요."
 원장실은 사방이 회색이었다. 창문

바깥으로는 광화문 광장이 보이고 창틀 아래 라디에이터 위에는 만화 캐릭터로 보이는 피규어 몇 개와 먼지 쌓인 상패가 진열돼 있었다. 책장에 파일들이 빼곡했고 맨 아랫줄은 온통 만화책이었다. 그 앞에 꽃이 다 떨어진 호접란 화분의 이파리는 혼자만 중력을 세게 받는 것처럼 축 늘어져 있었다. 파란 가운을 입은 원장은 오늘도 볼펜을 들고 진료 기록을 쓰는 데 열심이었다. 얼핏 의사가 직접 그린 사람 얼굴, 팔, 다리 그림도 보이고 뭔가 잔뜩 적혀 있는 포스트잇도 보였다. 멀쩡한 컴퓨터를 두고 왜 그러는 건지 늘 궁금했지만, 사실 그 모습에 호기심이 들어 이 의사에게 지병인 아토피를 맡겼다.

"아, 연희 님 오셨어요. 여기 앉으세요. 저번에 약 바르시고는 어떠셨어요?"

"대중이 없어요. 어떤 날은 괜찮고 어떤 날은 바람만 불어도 가렵고요."

"등이 가려운 것과 다리가 가려운 것도 이유가 다 달라요. 일단 수분 보충을 잘 해주시는 게 중요하고요. 식습관도 중요해요. 혈액에 콜레스테롤이나 중성지방 수치가 높으면 가려움증이 심해지니까요. 여긴 좀 착색이 됐네요. 여기도 긁으신 건 아니고요?"

의사가 내 오른쪽 관자놀이를 가리켰다.

"아, 여긴 몇 년 전에 차에 부딪혔는데 그때 오른쪽 얼굴 피부 아래 혈관이 터졌거든요. 그때 병원에서 치료받다 생긴 자국이에요."

"아, 어느 병원이에요? 의사 이름은 뭐예요?"

"잘 기억이……."

"새로 나온 보톡스가 있는데, 이게 착색에 효과가 좋아요. 제가 서비스 하나 넣어드릴게요."

"네? 그래도 돼요?"

"그럼요. 자주만 오세요."

여자에게 호감이 있는 남자는 최대한의 다정과 친절을 보인다. 그렇다면 나는 이 의사가 좋은가. 서울대 나온 의사라는데. 내가 누굴 좋아하는 건 좀 낫지만 누가 나를 좋아하는 건 견디기 힘들다. 마음이 활짝 열리다가 닫힌다. 내가 손쓸 수 없는 마음들이 어서 도망치라고 말한다. 그는 네가 실패한 걸 모르잖아.

"감, 감, 사합니다."

의사는 일어선 다음 시술 도구가 놓인 트레이를 향해 등을 돌렸다. 그의 뒷모습을 보니 앉은키만큼 등도 엄청나게 넓었다.

"여기 베드에 누워 보세요."

나는 고개를 끄덕이고 베드에 몸을 뉘었다. 의사가 주사를 놓을 준비를 했다. 그의 큰 손이 내 왼쪽 볼을 감쌌다. 손에서 축축함이 느껴졌다.
눈을 감고 어금니를 꽉 물었다.

"끝났습니다. 혹시 궁금하신 건 없으시고요?"

"아, 저."

"네, 뭐가 궁금하세요?"

"제가 아는 동생이 의대를 다니는데요. 의대를
나오면 보통 바로 원장이 되나요? 회사원처럼
승진해야 한다거나 아니면 시험을 봐야 한다든가
그런 건 없는 거죠?"

"의대 졸업하고 인턴, 레지던트 하면서
수련하는 거죠. 그게 끝나면 보통 피부과
전문의들은 의원에서 원장을 하는데 원장들도
회사원처럼 월급쟁이예요."

"원장이 못 되는 경우도 있나요? 상황이 안
된다거나, 포기한다든가."

"제 주변에서 그런 친구는 본 적은 없는데.

페이닥터가 안 맞으면 대출받아 개원해야죠. 의사 면허가 있으면 대출이 잘 되거든요. 왜요?"

"아, 그게……."

나는 사실 그게 묻고 싶었다. 아무리 해도 되지 않을 것 같아 포기해 본 적이 있냐고. 서울대 의대를 나온 영재 앞에서 영재도, 수재도 아닌 평범한 나는 뭘 이루려면 몇 배의 시간이 더 필요해 결국은 화가가 되는 것을 포기한 회사원이었다. 나는 웃고 있는 의사에게 고개를 꾸벅하고 진료실을 나섰다.

*

퇴근 후 집에 도착해 다시 동네를 걸었다. 만발한 벚꽃 앞에서 사람들이 여기저기 사진을 찍었다. 겨우내 봄이 오면 누굴 만날까, 누구와 꽃 앞에서 사진을 찍을까 기대감 같은 걸 가졌다.
몇 년 동안은 한 사람과의 사진이었다. 그와
맞은 첫 번째 봄, 꽃나무 앞에서 찍은 사진을
떠올렸다. 분홍 꽃 블라우스를 입고 세상을 다
가진 것처럼 웃는 나와 카메라를 보지 않고 옅은
미소로 먼 곳만 보는 그. 그렇게 환하게 웃는
나는 처음이어서 그 사진을 유독 자주, 오래
들여다보곤 했다.

    티벳상점에 들렀다. 라일락 향이 그윽했다.
가게에 들어가니 중년의 부부인 듯한 손님이 내가
샀던 반지를 구경 중이었다. 부인이 손에 반지를
자꾸 꼈다 뺐다 하는 것을 보니 반지가 마음에 든
모양이었다. 남편은 시큰둥하게 부인과 반지를
번갈아 가며 쳐다봤다. 둘은 몇 분 동안 시간을
끌다가 결국 반지를 선반에 내려놓고 말없이
인사한 뒤 가게를 떠났다.

"또 오셨네요. 어서 오세요."

사장은 나에게 다가와 차 한 잔을 건넸다.

"늦은 나이에 얻은 아이가 태어난 지 한 달도 안 돼서 죽었다네요. 부인께서 저 반지를 아이의 묘 옆에 같이 묻어줄지 고민하더군요."

사장의 두 눈이 커지며 눈썹도 위로 올라갔다. 내가 반지를 사 갔다는 것이 떠오른 듯했다.

"아, 참. 손님도 반지 사 가셨죠. 제가 깜빡했네요."

"네, 반지는 서랍에 넣어뒀습니다. 아직은 쓸 곳이 없네요."

"실례가 안 된다면, 손님은 그 반지 왜 사신 거예요?"

"그냥, 사야 할 것 같아서요."

"어떤 의미가 있으셨던 건 아니고요?"

"반지로 뭘 해야겠다고 생각한 건 아니었는데,

그냥 사야 할 것 같았어요."

"그런 느낌이 들 때가 있죠. 운명의 물건이라도 되는 것처럼 꼭 그 물건과 내가 연결된 것 같다는 느낌이랄까요?"

"이별을 기념하는 반지라는 게 특별했어요. 사실 제가 지난겨울에 이별했거든요. 그 반지가 있으면 그 사람과 잘 헤어질 수 있을 것 같았어요. 제 기억을 반지와 함께 묻어서 잊을 수 있다면 좋겠다. 그런 생각을 했어요."

"그 반지, 속설이 있어요. 반지를 한 번도 빼지 않고 내내 끼고 다니면 이별 후 새로운 인연을 빠르게 만날 수 있대요. 하지만 손님에게는 권하고 싶진 않네요."

"왜요?"

"손님께는 그분과의 기억이 소중한 것 같아서요."

사장은 "줄 게 있다"라고 말하며 뒤편 창고로 향했다. 문 위에 쳐진 나무 발 사이로 내부를 보니 천장 높이로 벽을 둘러싼 선반에 종이 상자들이 빽빽했다. 사장은 발 받침을 밟고 올라가 선반 가장 위 모퉁이 상자에서 뭔가를 꺼내 창고 밖으로 나왔다. 사장이 보여준 건 노란 리본이었다.

"티베트에는 천장天葬이라는 게 있는데요. 고원에 죽은 사람의 시신을 올려보낸 다음 장의사가 칼과 도끼로 시신의 살과 뼈를 해체하고 독수리들에게 신호를 보내 시신을 먹게 하는 전통 장례 문화에요. 티베트 사람들은 죽음으로 몸과 영혼이 분리된다고 생각하는데, 천장을 하면 죽은 사람의 영혼이 독수리를 타고 하늘로 올라간다고 믿는다는군요. 이건 반지를 제작한 샤친의 또 다른 물건이에요. 이 노란 리본은 천장할 시신을 묶는 데 사용하는 용도인데, 리본이 살아생전 망자의 한을 의미한대요. 독수리가 망자의 못다 이룬 것들에 대한 후회, 서글픔을 다 가져가라는 의미죠. 자, 이 리본 손님께 선물로 드릴게요."

 집에 돌아와 노란 리본을 물끄러미 바라봤다. 머릿속으로 망자의 '한'이라는 단어를 대강 곱씹고는 대문 옆 열쇠를 걸어두는 못에 걸었다. 그러고는 오랜만에 TV를 켰다. 곱게 치장한 얼굴들, 하하 호호 시끄러운 웃음소리가 들리면 채널을 돌렸다. 검은 TV 프레임 속에 태평양이 보인다. 제목은 고래와 나. 크기가 9미터쯤 되는 보리고래가 죽어서 떠올랐다. 성체는 보통 20미터가 넘으니 죽은 고래는 아직 어렸다. 외상의 흔적은 없다. 다만 소장 한 귀퉁이가 일회용 커피 컵 뚜껑으로 틈 없이 막힌 채였다. 이번에는 하얀 북극곰이 바다의 흰 별처럼 떠 있다. 바위에 올라 벨루가가 곁을 지나길 기다린다. 고래는 고래다. 빠르게 헤엄쳐 도망가는 벨루가를 북극곰은 결국 놓치고 만다. 북극곰의 다음 여정은 북극의 꽃밭. 코를 땅바닥에 처박고 노란 꽃 사이를 걷는다. 내레이션이 흐른다. 지구 온난화로 기온이 올라 빙하가 녹고 그 자리에 꽃이 피었습니다. 그 위를 걷는 북극곰의 모습은 아름답지만 처연합니다. 소파에 누워 TV를 껐다. 멍청한 소릴. 빙하보다 꽃밭이 따뜻하긴 하잖아.

    북극곰을 보며 헤어진 그를 떠올렸다. 그는 내가 그림을 그만두고 취업 준비를 하는 동안 아르바이트를 하던 화실의 강사였다. 그는 나를 자주 놀렸다. 다리에 상처가 많다고, 밥을 많이 먹는다고, 웃기게 생겼다고도 자주 놀렸다. 나는 그가 놀릴 때마다 찡하게 행복했다. 어두운 과거로, 불확실한 미래로 흩어지는 나를 한 번이라도 더 웃게 하려는 그 나름의 노력이었다.

    그는 자취하던 단칸방에서 그림을 그리며 작은 라디에이터에 의지해 내내 겨울을 났다. 나는 내내 겨울이 싫었다. 나는 물었다. 직장을 구하면 어때. 집도 새로 구하면 좋잖아. 그는 답했다. 나는 그림 밖에 할 줄 아는 게 없어.

    우리는 일요일 아침부터 만나 시시때때로 여행을 떠났다. 편안하게 목적지로 바래다주는 기차 객실 안에서 우리는 영화를 보거나 책을 읽었고, 나는 아무 시름 없이 집중하는 그의 모습이 가장 사랑스러웠다. 인적이 드문 시골 숲이나 호수, 알려지지 않은 작은 해변이 우리의 주된 목적지였다. 나는 가만히 주변의 새소리, 물소리, 바람에 닿는 수풀의 소리 같은 것들에 집중했고, 그는 종이에 연필로 나무를 스케치했다. 우리는 그 시간 동안 둘의 인생에서 드물었던 안온과 평화를 느끼며 어린아이가 손가락을 접어 일 초, 이 초 세는 것처럼 느리고 천천히 시간을 보냈다.

 이른 저녁, 달 아래를 걸으며 비닐봉지에 먹고 싶었던 것들을 담아 숙소를 향해 걸을 때 우리는 가장 많이 웃었다. 서로의 온기밖에는 퍼질 것이 없는 좁은 방안에 우리가 사실 평생토록 구하던 것들이 있었지만, 우리는 그 많은 여행 동안 이에 대해 한 번도 얘기한 적은 없었다. 그렇게 만난 지 8년이 되던 지난가을, 나는 그에게 함께 할 미래와 계획에 대해 처음으로 물었다. 그는 한동안 침묵했다. 아침에 불어오는 바람에 시리도록 선명한 겨울이 실려있던 어느 날, 그는 나에게 "미안하다"라고 답했다.

 우리가 끝에 다다른 그맘때 나에겐 버릇이

하나 생겼다. 아무도 없는 집, 옷가지가 널브러진 방 안에 누워 심장 소리를 들었다. 뚝, 뚝, 뚝, 뚜우우욱, 뚝, 뚜뚝, 뚝. 머리에 섬광이 스쳐 지나고 1분, 1초 내에 심장이 멎을 것 같은 공포가 목을 죄었다. 어느 날은 가슴을 부여잡고 휴대전화를 들어 그에게 전화를 걸었다. 몇 분 만에 달려온 그는 나를 부축해 병원 응급실에 데려갔다. "특별한 이상은 없다"라는 의사의 소견에 우리는 터덜터덜 걸어 나왔고, 응급실 앞에서 그는 나를 끌어안고 울었다. 그날 나는 그의 집에서 그가 사 온 바닐라 아이스크림을 얹은 와플 한 조각을 먹고 그의 팔에 기대 잠을 잤다. 그날도 그는 새벽 내내 푸른 조명 옆에 앉아 울지도, 웃지도 않고 그림을 그렸다.

*

늦은 밤, 본가에 향했다. 집에 도착하니 거실 불은 꺼져 있고 아버지가 노란 등 아래 식탁에서 저녁을 먹고 있었다.

"엄마는?"

"미숙이 언니랑 등산."

"아, 맞다. 반찬이 이게 다야?"

"별로 배가 안 고파서. 너 저녁 안 먹었으면 같이 먹자."

"계란프라이라도 할까?"

"너 먹고 싶으면 네 것만."

밥솥에는 새로 지은 밥이 차 있었다.

"아빠가 밥을 한 거야?"

"너랑 먹으려고."

밥과 수저를 가지고 아버지 맞은편에 앉았다.

"염색 좀 해. 흰머리가 머리를 다 덮었네."

"할아버지니까. 별일 없고?"

"응, 똑같지 뭐. 아, 참. 아빠도 요 앞 개천 자주 걷지? 티벳상점이라는 새로 생긴 가게 봤어?"

"티벳, 뭐?"

"티벳상점."

"그게 뭔데."

"티베트 사람들이 만든 물건들을 가져와 파는 곳인데 거기 다녀왔거든."

아버지는 별 대꾸 없이 밥공기에 물을 따라 마셨다.

"아버지는 천국 안 가고 싶어?"

"가고 싶지."

"그게 다야?"

"내가 가고 싶다고 갈 수 있나."

나는 언젠가부터 희미해진 내 앞의 부쩍

나이 든 남자에 대한 분노를 복기했다. 한때 아버지가 도망쳤던 것처럼 내가 열렬히 사랑했던, 이제는 헤어진 그 남자 또한 결국 도망쳤다는 것도 기억했다. 하지만 적어도 아버지는 말없이 돌아왔다. 두 번 도망치지 않기 위해 안간힘을 썼다.

"아버지한테 고마운 게 있어."

"뭘."

"내가 책상에 그림 처박아 두면 아버지가 내 책상에 앉아서 그 그림들 다 모아서 정리했잖아. 그게 아직도 기억이 나. 고마워."

아버지는 고개를 푹 숙이고 젓가락으로 밥공기에 붙은 밥풀 몇 개를 뒤적거렸다.

"너는 부잣집에서 태어나야 했는데."

"그런 얘기가 여기서 왜 나와."

"이제 그림은 안 그리니?"

"응."

"어렸을 때 네가 매일 방바닥만 보이면 배를 깔고 누워서 그렇게 그림을 그렸는데. 놀이터에서도 혼자 바닥에 나뭇가지로 그림을 그리고. 네가 좀 커서 중학생쯤 됐을 때 미대 가고 싶다고 할까 걱정이 되더라. 고등학교 가서도 죽어라 그림을 그리는데 돈은 없고. 차라리 배를 계속 탈 걸 그랬나 그 생각을 처음 했어."

"배 타는 거 싫어했잖아."

"나는 이도 저도 아니게 도망친 거니까. 하지만 넌 달라. 너는 잘하니까."

그 말을 하는 아버지의 눈시울이 붉어지며 눈동자는 떨렸다. 처음 보는 모습이었다. 아버지는 이내 일어서서 식탁을 정리했다. 요즘 아버지의 걸음은 무릎으로, 다리로 '걷는' 게 아니라 좁은 보폭으로 겨우 여기서, 저기로 이동하는 '움직임'에 가까워 보였다. 아버지의 뒷모습이 낮에 본 키 작은 배롱나무 한 그루 같았다. 굽이굽이 자라도 키가 2미터쯤, 같이 심어진 플라타너스, 벚나무보다 훨씬 작은, 나무껍질이 만든 몸의 자국들이 어린아이의 그림처럼 여리고 보드라운, 무더운 여름에 꽃을 피우는 나무. 아버지의 저 움직임이 멎는 날, 그 자리에서 꽃이 필까.

 아버지는 거실 소파에 앉아 말없이 TV를 켰다. 나는 남은 밥을 마저 먹고 식탁을 정리한 뒤 가방을 들고 현관을 향해 걸어갔다.

 "내일 또 올 거니?"

 "그럼."

*

화창한 봄날은 온데간데없이 토요일 아침부터 비가 왔다. 이불을 머리 위까지 뒤집어썼다. 주중에 마무리 못 한 일들이 떠올랐다. 영업 1팀에서 오지 않은 자료, 다음 주에 앞둔 대표이사 보고. 나는 자주 끝내지 못한 것을 걱정한다. 심호흡을 크게 하며 이불을 배 위로 내렸다.

　　너는 잘하니까.

　　이 말을 언제 마지막으로 들어봤더라. 잘하는 것이 내 삶을 바꿔줄 거라고, 분명히 달라질 거라고. 미대에 들어오니 그게 절실한 사람은 나밖에 없는 것 같았다. 여전히 잘 한다는 아버지의 말은 그림이 쓸모없어진 지금 나에게 어떤 쓸모가 있을까.

　　침대에서 일어나 TV를 올려둔 문갑 앞으로 갔다. 서랍을 열어 얼마 전 티벳상점에서 산 반지의 포장을 풀었다. 반지를 산 뒤 처음 풀어보는 것이었다. 검은 옥돌로 만든 반지를 형광등 아래서 보니 반지에서 검붉은 빛이 났다. 노끈으로 묶인 반지 한 쌍을 왼손 검지에 겹쳐서 꼈다. 반지를 낀 채 설거지를 하고 빨래를 하고 방바닥을 닦고 밥도 먹었다.

반지를 끼니 헤어진 그의 존재가 마치 바로 옆에 앉아 있는 것처럼 더 생생하게 느껴졌다. 눈이라도 오면, 찬 바람이라도 불면 네가 사라질까 봐. 네가 얼어 죽어 없어질까 봐. 그래서 나는 널 붙잡지 못했던 건지 몰라. 네가 죽으면 나도 죽어야 했는데, 나는 미치도록 살고 싶었거든. 소파에 앉아 손가락을 펴서 손끝을 앞으로 기울였다. 헐거운 반지가 손가락을 타고 흘러내려 방바닥에 떨어졌다. 반지는 바닥을 굴러 식탁 밑에 들어갔다. 마른 밥풀과 머리카락 몇 개가 떨어진 방바닥 위 반지를 물끄러미 쳐다봤다. 이제 너의 자리는 어딜까. 나는 잠깐 잠들었다가 깼다. 그러고는 방으로 들어가 옷을 갈아입었다.

    티벳상점은 불이 켜진 채 문이 닫혀 있었다. 비 오는 저녁, 가로등 아래 벚꽃잎이 비처럼 내렸다. 우산도 없이 비를 맞았다. 점퍼를 스친 빗방울이 둥글게 몸을 말아 아스팔트 위로 구슬처럼 떨어졌다. 그사이 훈풍이 불었다. 봄이 뚝뚝 떨어진다. 바람을 타고 가슴으로, 그다음엔 등허리를 치고 흩어져 날아간다. 빗물에 젖어 투명해진 꽃잎 몇 장이 점퍼 위에 달라붙었다. 나는 조심스럽게 꽃잎을 떼어 손바닥 위에 올려놓고 바라봤다. 꽃잎 아래엔 파란 핏줄같이 가늘게 그어진 선. 어린아이의 손톱 같은 연분홍색 반달. 그 연약한 꽃잎 한 장 한 장이 떨어질 때마다 작고 여린 봄이 나에게 말했다.
이젠 겨울에서 나와 봄 같은 인생을 살아. 겨울을
보내고 봄을 살아.

멀리서 누군가 달려오는 소리가 들렸다. 파란
두건을 쓰고 감색 원피스를 입은 티벳상점 사장이
가게 쪽으로 달려왔다.

"아니, 여기서 우산도 없이 기다리신 거예요?
세상에."

사장은 쓰고 있던 우산을 나에게 건네고
서둘러 번호 키를 눌러 가게 문을 열었다.
쌉싸름한 풀 이파리 향이 났다. 사장은 가게
뒤편에서 수건을 꺼내어 건넸다. 나는 수건으로
그새 흠뻑 젖어버린 옷을 쥐어짜듯이 닦았다.

"전화라도 하시죠. 깜짝 놀랐어요."

"오랜만에 비를 맞고 싶었어요."

사장은 허탈한 웃음을 지으며 나를 쳐다봤다.

나는 쑥스럽게 한 번 웃고는 고개를 푹 숙였다. 젖은 옷이 마르며 몸에 한기가 느껴졌다. 춥다는 걸 감추고 싶었지만 웅크린 어깨가 조금 떨렸다. 그런 나를 본 사장은 처음 왔을 때 그녀가 입었던 주황색 원피스를 찾아 건넸다.

"창고 안에서 갈아입고 나오실래요?"

"고맙습니다."

나는 창고 안에서 몸에 찰싹 달라붙은 젖은 옷들을 물고기 비늘을 벗겨내듯이 하나하나 벗겨냈다. 창고의 철재 선반을 가득 채운 상자마다 견출지로 '2013.7~2019.2' 같이 기간과 함께 물건을 구경하며 봤던 낯익은 티베트인들의 이름이 함께 적혀 있었다.

"젖은 옷은 두고 나오세요. 세탁해 놓을 테니까 찾으러 오세요."

"원피스 마음에 드는데요. 잘 입을게요."

그녀가 준 원피스는 품이 넉넉하고 부드러워서 아주 편안했다. 원피스를 몇 달 만에 입은 거더라. 창고 안 거울로 원피스를 갈아입은 내 모습을 바라봤다. 머리카락은 푹 젖어서 얼굴과 목에 다 달라붙었고 그 아래는 통짜 허리를 덮는 큰 원피스, 맨다리에는 긁은 자국과 제모하지 않은 털들이 보였다. 한숨이 나는 몰골이었지만 어쩐지 이런 내가 귀여워서 웃음이 났다. 나는 쑥스럽게 웃으며 창고 문을 열고 나왔다. 사장은 마대 걸레로 가게 바닥에 떨어진 빗물을 닦고 있었다.

"이제 좀 물어봅시다. 오늘 정말 여긴 어쩐 일로 오신 거예요."

"음, 오랜만에 반지를 꺼내봤거든요. 손에 끼워보기도 하고요. 그 반지, 티베트에선 사람이 죽었을 때 하나는 고인 손에 끼우고 다른 하나는 유족이 가진다고 하셨잖아요. 저는 이별하고 싶은 대상이 죽은 사람이 아니고 기억이에요. 이럴 때는 반지를 어떻게 하면 좋을지 사장님께 너무 여쭈어보고 싶었어요."

사장은 테이블 위에서 내내 끓던 차를 따라 건넸다. 그녀는 미소를 지으며 차를 홀짝였다.

"머릿속의 기억을 한때의 시간으로, 추억으로 만드는 방법이라. 그걸 반지를 만든 샤친에게 물어본 적은 없어요. 각자의 방법이 있겠죠."

"각자의 방법이요?"

"반지를 풍선에 달아 하늘로 띄우든, 타임캡슐에 넣어 땅에 묻든 방법이 중요한 건 아니라고 생각해요. 중요한 건 내가 살아있는 지금, 이곳의 삶이 단단하게 바로 서야 과거를 기억으로 흘려보낼 수 있는 거라고 생각해요. 현재가 있어야 과거를 정말 그때로 추억할 수 있겠죠. 방법은 자연스럽게 알게 될 거예요."

"아까 옷 갈아입다 봤는데 창고에 있던 상자의 날짜, 이름들은 무슨 의미일까요?"

"창고는 저에게 일종의 기억 보관소 같은 거라, 티베트에 있을 때 만난 친구들이 만든 물건을 상자에 담고 그 친구들을 만났던 기간과 그들의 이름을 붙여놓았어요. 저는 어렸을 때부터 빠짐없이 일기를 써왔는데요. 그들을 만났던 기간에 썼던 일기를 가끔 읽으면서 내가 왜 그때 그들과 친해졌는지, 그들이 만든 물건에 매료됐는지 떠올려요. 그때 친구들과 나눴던 얘기들, 감정들을 물건의 빛깔, 감촉을 느끼면서 떠올리자면 아련하고 슬프긴 하지만 결국에는 기분 좋아요. 내가 그때를 잘 건너왔구나 싶어서. 그때가 정말 그때가 된 순간이랄까요?"

과거를 '그때'로 만드는 나의 방법이란

뭘까, 생각하며 별 대꾸 없이 차를 마셨다.
'방법은 자연스럽게 알게 될 거'라는 사장의 말을
믿어보기로 했다. 사장은 비가 잦아지면 돌아가라
했지만, 나는 우산을 빌려 집으로 향했다. 사실
명치 안쪽에서 울컥하며 무언가 솟구쳤다. 가만히
있으면 사장 앞에서 참지 못하고 울먹일까 봐
서둘러 가게를 빠져나왔다. 우선 침대에 누워
편히 쉬는 게 낫겠다고 생각했다. 집에 오자마자
긴 잠에 빠졌다.

*

—K 피부과 의원입니다.

이연희 님 12시 진료 예약 있습니다.

변경 원하실 시 아래 번호로 전화 주세요.

병원에서 온 메시지였다. 약은 좀 남았지만 병원에 갈지 말지 고민이 됐다. 의사의 친절이 머릿속에서 떠나지 않았다. 약을 더 달라고 해야 하나, 피부가 멀쩡한데 왜 또 병원에 왔을까 의심하진 않을까? 이런저런 생각을 하다가 떠올랐다. 아, 여드름. 어젯밤 샤워를 하며 거울을 보니 턱밑에 큰 여드름 하나가 보였다. 손으로 짜지지 않는 여드름. 오늘은 이거다.

점심을 샌드위치로 대강 해결하고 병원에 갔다. 병원 자동문 앞에서 낯익은 남자의 목소리와 뒤이어 간호사들의 웃음소리가 들렸다. 문을 여니 떡 하니 너른 등이 보였다. 의사였다.

"어, 연희 님, 어서 오세요."

"네, 안녕하세요."

"약 타러 오신 거예요?"

나는 검지로 턱밑을 가리켰다.

"아, 여드름. 염증이 크네. 아프셨겠어요. 언제 난 거예요?"

"어젯밤에요."

"접수하고 봐드릴게요. 최 선생님, 이연희 님 접수 좀."

병원에 들어가자마자 받은 의사의 작은 호의에 가슴이 조금 떨렸다. 접수를 마치고 진료실 미닫이문을 여는 순간, 딱 생각이 났다. 아, 양치 안 했네. 하필 턱밑인데, 하필.

"연희 님, 어서 오세요. 가려우신 건 어떠셨어요."

"지난주는 괜찮았어요. 약발이 좋네요."

"다행이네요. 기존 약이 잘 안 받으시는 것 같아서 지난주에 약을 바꿨거든요. 오늘은 여드름을 볼까요?"

의사는 큰 얼굴을 내 턱밑으로 들이대고

여드름을 이리저리 살펴봤다. 이 사람 생각보다 속눈썹이 기네. 눈썹 위에 면봉 올려놔도 되겠다. 아, 그전에 숨 좀 참아야지.

"압출은 안 될 것 같고, 음. 염증 주사 놔드릴게요. 요즘 스트레스받는 일 있으세요?"

"네, 요즘 회식이 많아서 술을 좀 마셨더니. 피부가 뒤집어졌어요."

의사는 소독약을 묻힌 거즈로 내 턱을 문지르고 주삿바늘을 여드름에 내리꽂았다. 턱이 뻐근하게 아파 눈을 꼭 감았다.

"회식이 평소에 많으세요?"

"거래처랑 가끔요."

"과장님이시라 회식도 많으시고 일도 많으신가 봐요. 의사는 회식은 없어서 좋은데."

"그렇죠. 진료만 보시면 되겠네요."

"네, 그런 면에서 저한테 잘 맞는 직업인 것

같아요. 단체 생활은 좀 힘들어서. 연희 님은 하시는 일이 잘 맞으세요?"

"잘 맞아서 한다기보다는 돈 벌려고 하는 일이죠."

"역시 씩씩하시네요."

"네?"

"이 병원 처음 오신 날 기억 나세요?"

"종아리가 가려워서 왔잖아요."

"그날 저녁 8시 진료 마지막 타임에 다리가 빨갛게 부어서 오셨죠. 많이 가려우셨을 텐데 일 때문에 늦게까지 참으신 거 보고 업무에 되게 열정적인 분인 것 같다고 생각했어요."

"아, 그날 보고 자료 만들 게 있었거든요."

"앞으로는 너무 참지 마세요. 제 도움이 필요하시면 언제든 병원에 오시고요. 그것도 안 되면 전화 주세요."

의사의 마지막 말이 무슨 뜻일까 3초쯤 생각하다가 그의 작은 눈을 마주친 순간 나도 모르게 자리에서 벌떡 일어났다. 의사도 나를 따라 자리에서 일어나 나에게 고개를 꾸벅 숙였다. 고맙다고 해야 할까, 뭐라고 해야 할까 생각하다가 꺼낸 말.

"다음엔 보톡스 맞으러 올게요."

의사가 "하하하" 소리를 내며 웃었다.

병원을 나오니 12시 25분. 회사 점심시간은 30분쯤 남았다. 광화문 광장을 걸으며 의사가 한 말을 떠올렸다. 회사에 다니는 열정적인 나는 사실 껍데기일 뿐인데. 그림을 포기해 버린 빈 껍데기. 이런 나의 본모습을 저 의사가 알게 된다면, 그래도 나를 봐줄까. 열심히 일하는 건 사실 내가 그것 밖에 할 줄 모르니까. 멋진 이유 같은 건 없는데. 그때 휴대전화의 메시지 도착

알림이 울렸다.

─이연희 님, 링크잡 헤드헌터 케이입니다.
이력서 보고 연락드렸어요.
유명 대기업 마케팅 포지션 추천드리고
싶습니다.

메시지를 확인하고 주머니에 휴대전화를 다시 넣으려는 찰나, 이번에는 전화벨이 울렸다. 전화번호를 보니 방금 메시지를 보낸 헤드헌터였다.

"안녕하세요. 이연희 님 맞으신 가요?"

"네."

"저는 서치펌 링크잡의 헤드헌터 케이라고 합니다. 구직 사이트에 있는 이력서 보고 연락드리는데 잠깐 통화 가능하실까요?"

"네, 통화는 가능한데 제가 얼마 전에 이직했습니다."

"아, 그러시군요. 혹시 어느 회사에 언제 이직하셨을까요?"

"P 전자입니다. 이직한 지 1년 조금 안 되었고요."

"네, 좋은 회사로 가셨군요. 제가 말씀드릴 회사는 외국계 C 화장품 회사고요. 마케터 포지션인데 연희 님께 잘 맞으실 것 같아서요. 미대 출신이시라 포트폴리오도 세련되게 잘 만드셨던데요. 전 직장에서 일도 열심히 하셨던 것 같고요. 그 실력 발휘하셔서 섬세한 뷰티 마케터도 딱 맞으실 것 같은데 어떠세요?"

"좋게 봐주셔서 감사하지만 1년 만에 다시 이직은 부담이라서요."

"네, 그런데 연희 님의 작품을 보면 감수성이

있으신 분 같아서 뷰티 쪽이 전자 쪽보다는 훨씬 잘 맞으실 것 같아요. 아, 참. 제가 연희 님께서 이력서에 적은 전시 작품을 검색해 봤거든요. 그림이 멋지던데요."

"아, 미대 졸업할 때 한 작은 전시였어요."

"마케터로 전향하신 이유가 있으신가요?"

"할 만큼 다 해봤는데 잘 안되어서. 그래서 접고 취직한 거죠."

"아쉽네요. 그래도 포기하긴 아까운 것 같은데. 아, 선 넘는 말을 했네요. 죄송합니다."

"아닙니다. 그렇게 들리지 않았어요."

"네, 포지션에 관한 안내 사항은 이메일로 정리해 전달해 드렸으니 시간 나실 때 확인 부탁드립니다. 처우도 좋은 조건으로 협의 가능합니다. 이 번호로 편하게 연락 주세요."

"알겠습니다. 감사합니다."

헤드헌터와의 통화를 마치고 이력서의 한 줄로 남은 전시를 떠올렸다. 그걸 매개로 화장품 회사의 마케터 제안을 받았다는 사실에 기분이 좋아야 할지 헷갈렸다. 전시를 준비하며 며칠 밤을 새워 그림에 공을 들였지만 제출한 그림이 마음에 들지 않았다. 그래도 성과는 있었다. 수도 없이 흔들리면서도 지켜왔던 그림을 포기하지 않을 거라는 마음이 '전시'라는 증명서가 생기니 거두어졌다. 전시가 끝나고 며칠 후, 나는 학교 도서관에서 처음으로 리쿠르팅 사이트에 접속했다. 그날은 오랜만에 내린 비가 찬 겨울 공기를 데웠다.

이순신 장군 동상 뒤로 걸어가 멀리 광화문 위에 떠 있는 구름을 바라봤다. 전시를 준비하던 때의 기억이 떠올랐다. 작품이 잘 그려지지 않던 어느 날, 아침부터 바깥으로 나섰다.

북한산에 가기 위해 구파발로 향하는 버스를 탔다. 전날부터 아무것도 먹지 못해 기사 아저씨 몰래 초코바를 몇 입 깨물어 먹었다. 기자촌 앞에 내려 산으로 향하는 입구를 찾는데 갑자기 맑은 하늘에서 퍼붓듯 비가 쏟아졌다. 산에도 못 가는구나. 오늘도 가고 싶은 곳에는 갈 수가 없구나. 갑자기 울음이 터졌다. 고개를 떨구고 울었다. 그러다 비도 오고 사람도 없으니 울어도 괜찮다는 생각이 들었고, 그제야 여기 오길 잘했다는 생각이 처음 들었다. 그새 비는 그치고 머리 위로 구름 덩어리가 탑처럼 높게 쌓인 뭉게구름이 보였다. 상아색, 은색, 분홍색, 흰색. 세상의 포근함을 모두 머금고 천진하게 유영 중인 저 구름을 그려보고 싶다는 생각이 들었다. 보도블록에 주저앉아 빗물에 불은 종이 위에 펜으로 쓱쓱 구름을 그렸다.

그때로 돌아갈 수 없는 걸까. 갑자기 왈칵 눈물이 터졌다. 세상엔 소소한 재미들이 많다거나, 평범하게 사는 것도 나쁘지 않다는 식의 남들이 말하는 살아야 하는 이유 같은 건 귀에 하나도 들어오지 않았다. 아무리 생각해도 똑같았다. 취직이든, 승진이든 절박하게 이루고 싶은 것은 하나도 없었다. 하지만 그려야 하는 이유는 언제나 뚜렷했다. 그 일은 나를 늘 기죽게 하고, 우울하게 하고, 자격지심을 느끼게 하고, 반만, 반쪽짜리만 있는 사람처럼 느끼게 하고, 위험하게 하고, 현혹되게 하고, 초라하게 하고, 말하지 못하게 하고, 자꾸 그립게 하고, 깎아내리게 하고, 아프게 하고, 잠 못 자게 못 견디게 하고, 가난하게 하고, 다른 걸 다 시시하게 하고, 세상에서 도망쳐 숨게 한다. 그렇지만 동시에 나를 쉬게 하고, 잠자게 하고, 다시 일어나

걷게 하고, 뛰게 하고, 먹게 하고, 낫게 하고, 잊게 하고, 머물게 하고, 외롭지 않게 하고, 다른 것을 원하지 않게 하고, 그래서 결국 채운다.

사실은 머릿속에서 한 번도 떠나지 않았던 그 기분을, 마음을 마주하고 간절하게 원하고 싶다. 다시 한번, 그리고 싶다.

*

집에 도착해 오랜만에 창문을 열었다. 저녁이었지만 해가 길어져 그리 어둡지 않았다. 대충 샤워를 하고 모자를 썼다. 장바구니로 쓸 가방을 어깨에 메고 집 밖으로 나섰다. 시장에는 봄나물이 가득했다. 냉이와 달래를 집었다. 요리에 자신은 없지만 그래도 한 번 해보겠다고 매대 앞에서 다시 다짐했다. 개나리가 개천의

흐르는 물을 향해 쏟아질 듯 피어있었고, 만개한 매화와 목련 봉오리 속에 벚꽃이 보였다. 그중에서도 유독 붉은 벚꽃의 사진을 찍었다. 그러고는 본가로 걸었다.

"저 왔어요. 장 봐왔어요."

"네가? 뭘 하게."

"파스타. 달래랑 냉이. 바지락도 좀 넣고."

"그걸로 파스타가 돼?"

"유튜브에서 봤어요."

달래는 머리 부분만 떼어 사용하고, 냉이는 깨끗하게 씻어서 뿌리 부분을 잘게 자른다. 냉이 이파리는 파스타가 완성될 때쯤 넣어서 숨이 너무 죽지 않게끔. 바지락은 끓여서 살만 발라내고, 면도 따로 삶는다. 다른 냄비에는 올리브유를 두르고 달래와 다진 냉이 뿌리를 넣고 살살 볶는다. 그리고 면과 바지락, 마지막으로 냉이 이파리를 넣는다. 완성된 요리를 찬장 깊숙한 곳에서 꺼낸 오랫동안 쓰지 않았던 파스타 볼에 플레이팅 했다. 열어둔 주방 창문 앞에서 어린아이의 입김 같은 바람이 살랑 불었다.

"내가 요리하고 엄마, 아빠한테 대접하는 건 처음이네. 엄마, 어때?"

"놀랍네. 맛있잖아?"

"아빠는 어때?"

"맨날 TV에서 파스타, 파스타 하길래 뭔가 했는데. 이걸 파스타라고 하는 거냐. 먹을 만하네."

나는 파스타 한 그릇을 만들어 대접하기까지 왜 이렇게 오래 걸렸을까, 생각했다. 아버지가 돌아오지 않던 어떤 날, 그를 향해 찌를 듯이 커졌던 분노는 힘을 잃었다. 나는 그에게 내가 지닌 가장 좋은 것을 주고 싶다.

"나 예전에 쓰던 화구랑 스케치북은 어디 있어?"

"네 아빠가 네 방에 다 모아 놓았어."

"오늘 그것 좀 정리해야지."

"갑자기 왜?"

"좀 가져가려고."

식사를 마치고 얼마 전까지 내 방이었던 주방 옆의 방문을 열었다. 떼를 써서 샀던 커다란 책상 위에는 스케치북이 수북하게 쌓여 있고, 책장에는 오래된 책들과 함께 붓, 연필, 지우개, 유화와 아크릴 물감들이 가지런하게 정리돼 있다. 나는 물감 상자를 열어 오랜만에 검은색 물감의 뚜껑을 열었다. 입구 쪽은 딱딱하게 굳어 있지만 좀 짜내고 나니 말랑한 액체 물감이 나왔다. 팔레트 위에 짜낸 물감을 묻히고 붓을 들었다. 스케치북 위에 검은 물감을 쭉 그었다. 오래되어 갈라진 붓끝 틈새로 선이 시냇물처럼 흘러나왔다. 오늘은 뭘 그릴까. 반사적으로 이런 생각이 올라오는데 그런 내가 너무 오랜만이라 조금 낯설었다.

"뭘 가져갈 건데? 좀 도와줄까?"

"아빠는 언제 이걸 다 정리한 거야."

"너 이사 가고 널브러져 있던 거 정리했지. 하나도 버리진 않았어."

"몇 개만 남기고 이제 다 버려도 돼."

"버리긴 왜 버려."

"이제 그래도 돼."

아버지는 내 눈을 쳐다봤다. 그 걱정스러운 눈빛에 어떤 말이 담겨 있는지 짐작할 수 있었다. 나는 빙긋 웃고 펼쳐 놓은 스케치북과 물감, 붓을 정리했다.

"그림은 하나만 남길까? 아빠가 좋아하는 걸로."

"네 그림인데 네가 골라야지."

"아냐, 아빠가 골라. 여기 스케치북에서 좀 찬찬히 봐봐."

"얘도 참."

아버지는 안방에서 안경을 가져오더니 스케치북을 한 장 한 장 열어봤다. 사람과 정물을 그린 스케치가 가득했다. 달려가는 사람의 동세, 거대하게 클로즈업된 연필을 잡은 손, 노인의 얼굴, 여자의 주름진 스커트, 사과와 포도, 학교 정원에서 그린 나무, 하늘과 구름. 그때 나는 눈에 비친 무엇도 허투루 보지 않았다.

"이건 누굴 그린 거냐."

아버지가 고른 것은 젊은 여자의 얼굴이었다. 나이는 30대쯤. 머리를 묶고 셔츠 위에 스카프를 두른 옷차림에 살짝 미소를 지은 모습이 당당하게 멋진 모습이었다.

"글쎄. 사진을 보고 그렸나."

"이거 너 해라. 네 자화상 하라고."

"내가 이렇게 예쁘다고?"

"그냥 너 해. 이걸로 할게, 고르라는 그림."

나는 두 손으로 스케치북을 들어 그림을 살폈다. 영화의 주인공 같은 세련되고 아름다운 여자. 이런 여자가 되고 싶었던 건가, 그때 나는. 스케치북에서 부욱, 소리 나게 그림을 찢어 돌돌 말았다. 그러고는 가지고 온 가방에 그림과 붓 몇 개, 물감 몇 개를 넣었다.

"나머지는 내가 오늘 다 버릴게."

"이걸 정말 다 버리게?"

"이제 여기 살지도 않는데 뭐."

남겨둔 화구를 담는 데 쓰레기봉투 네 장이면 충분했다. 아버지는 더 말하지 않고 거실 소파로 돌아가 앉아 나를 지켜봤다. 나는 양손에 쓰레기봉투를 들고 집을 나섰다. 아파트 엘리베이터 앞에서 잠깐 고민했다. 버리는 건 아깝지 않을까? 아파트 1층 쓰레기장 앞에서 손이 머리보다 빨랐다. 쓰레기봉투를 던지고 집으로 향했다.

*

집에 도착해 불도 켜지 않고 식탁 의자 위에 가만히 앉았다. 마치 거대한 결심을 앞둔 사람처럼 앉아서 숨을 골랐다. 창문 밖으로 사람들과 자동차 소리가 지나간 뒤 찾아온 잠깐의 적막 속에 나의 숨소리가 들렸다. 깊게 들이쉬고 내쉬고, 또다시 깊게 들이쉬고 내쉬고. 일부러 호흡을 멈춰보기도 했다. 그러면 두려웠다. 영원히 멈추게 될까 봐. 다시 숨을 들이쉬고 내쉬고. 숨을 들이쉬고 내쉬고. 오른발을 살짝 뻗었을 때 엄지발가락 끝에 닿은 차가운 감촉. 반지였다. 라이터 불을 탁하고 켜는 것처럼 머릿속에 뭔가가 환하게 켜졌다. 나는 자리에서 일어나 거실 불을 켜고 모아뒀던 택배 상자 두 개를 꺼냈다.

 첫 번째 상자에는 반지 두 개를 묶은 노끈을 풀고 상자 바닥에 반지를 넣은 뒤, 테이프로 밀봉했다. 그런 다음 두 번째 상자를 열어 집에서 가져온 그림과 화구를 넣었다. 테이프로 밀봉하기 전 티벳상점에서 받은 노란 리본이 생각났다. 리본으로 그림을 묶은 다음 화구와 함께 다시 넣었다. 그리고 테이프로 밀봉했다.

 종이를 반으로 잘랐다. 펜을 들고 한 장에는 이렇게 썼다.

〈2017.2~2024.12〉

너는 북극곰, 나는 꽃. 그렇게 8년.
빙하는 꽃이, 꽃밭은 북극곰이 살 곳이 아니야.

그리고 다른 한 장에는 이렇게 썼다.

〈2004년 어느 여름, 내 방 책상
~2016년 겨울비 오던 날, 학교 도서관〉

자기가 다 자란 줄 알았던 어린 보리고래.
플라스틱은 삼키지 않아서 다행이다.

첫 번째 종이는 반지를 넣은 상자 위에, 두 번째 종이는 그림과 화구를 넣은 상자 위에 붙였다. 그리고 책장 위 빈 공간에 상자 두 개를 나란히 올려놨다. 창문 밖으로 다시 아이들의 떠들썩한 웃음소리와 동물의 낮은 울음소리 같은 바람 부는 소리가 들렸다. 나는 그대로 침대에 누웠다. 마치 큰일을 치른 사람처럼 뭔가를 바라고, 또 바라면서.

*

다시 돌아온 토요일, 4월 중순인데도 기온이 30도에 가깝게 치솟은 여름 날씨였다. 집 밖에 나서니 거리에 겨우내 보이지 않던 아이들이 가득했다. 개천에서 물장구를 치기도 하고 채를 들고 열심히 물속에서 뭔가를 찾기도 했다. 그 모습이 좋아 이어폰 속에서 노래 몇 곡이 끝날 때까지 천변에 앉아 가만히 바라봤다. 조금 더 걸어볼까? 그러자. 걸음을 몇 발짝 더 걷다 다시 앉았다. 이번에는 그늘 아래에서 쉬었다. 오리 몇 마리가 한쪽 다리를 들고 잠을 자고 있었다. 오리는 왜 한쪽 다리를 들고 잘까? 검색해 보니 짝다리를 짚는 것처럼 한쪽 다리로 서는 게 오리에게 더 편한 자세라는 답을 찾았다. 정말 그게 편한 건지 이해는 잘 안 갔지만 그런가 보다 하기로 했다. 다시 자리에서 일어났다.

 수령 300년의 나무는 오늘도 건재하게 마을을 지키고 있었다. 나무 밑 평상에 앉으니 헤어진 그가 다시 떠올랐다. 사실 요즘도 그와의 지난날을 자주 반추한다. 시간이 지났다고 생각했는데, 우리가 헤어진 이후 나는 변했지만 변하지 않았다. 앞으로 꽤 오랜 시간이 지나도 변하지 않을 하나는 그는 나에게 '뭔가'를 주었다는 것이다.

 연희에게 나는 어떤 사람으로 기억될까. 지금의 결말을 암시하는 듯 그가 나에게 자주 했던 말. 우리의 이별은 누구 한 사람이 지독하게 붙잡지도, 불같이 싸우지도, 화 한 번 내지 않고 순조로웠다. 나는 그를 놓았고 그는 나를 보내주었다. 이대로라면 그는 나에게 정말 잊힌 기억이 될 것이다. 내가 그를 잊었단 사실조차 기억하지 못하도록.

그날이 오기 전에, 다 잊어버리기 전에 그에게 마지막으로 하고 싶은 말이 있다. 잠 못 이루는 새벽에 찾아오던 혼자 견디기 힘든 슬픔이 가뿐하게 괜찮은 것이 된다면, 우리에 대해선 아무것도 묻지 않는, 너를 진심으로 사랑한다는 순수한 사람을 만나 오래 행복하길 바라. 그리고 계속 그림을 그려. 너의 그림을 내내 기다려온 사람이 적어도 한 명쯤은 있을 거야.

봄이다. 지난겨울에 헤어졌으니 몇 해 만에 각자 홀로 맞는 봄. 그는 겨우내 추웠던 작은 방 안에서 나와 작은 등불 같던 그 해사한 웃음으로 밥도 먹고, 산으로, 바다로 떠나고, 고기도 굽고,

그림도 그리겠지. 나는 누군가를 영원히 잊는 것도, 그림을 그리는 것도 아직 자신 없다. 하루에 열댓 번은 사시나무 떨듯 파르르 불안에 떤다. 그럴 때마다 "도망가지 마"라고 속으로 되뇌며 고개를 숙여 눈을 감은 다음 두 손을 교차해 양팔을 주무르며 나를 다독인다. 뚝, 뚝, 뚝. 가만히 앉아 심장 박동이 제 리듬을 찾을 동안 깊게 숨을 들이쉰다. 그렇게 지금의 나를 느끼고 그대로 받아들인다.

몸을 일으켜 조금 더 걸었다. 걷다 보니 익숙한 가게에서 오늘은 풍경 소리가 들렸다. 바람이 불 때마다 이름 모를 풀꽃 향이 났다.

"저 또 왔어요."

"타시에 델렉. 어서 오세요. 아, 참. 옷 세탁한 거 드릴게요. 잠시만요."

오늘은 앳된 여자 손님 두 명이 가게를

둘러보고 있었다. 이것저것 보면서 사진을 찍으면서 웃음이 떠나질 않았다. 사장은 마른 옷을 나에게 건넸다.

"요즘 가게에 손님이 많나요?"

"주말 되면 적진 않네요. 멀리서 찾아오시는 분들도 계시고요."

"이러다 유명해지는 거 아니에요?"

"물건 수급이 잘되어야 하는데. 조만간 티베트에 또 갈지 모르겠어요."

"저도 찾는 물건이 하나 있긴 한데."

"뭔데요?"

"액자요."

"아, 액자. 진열된 게 있는데, 이리 와보실래요?"

사장은 나를 반대편 선반 쪽으로 안내했다. 손바닥 크기의 벽걸이 액자가 몇 개 진열되어 있는데 정형화되지 않은 각기 다른 모양에 나무 옹이가 그대로 드러나 보일 정도로 투박한 모습이었다.

"보리수나무로 만든 액자예요. 이걸 만든 친구가 그다지 손재주가 좋지는 않나 봐요. 그래도 독특하고 멋스럽지 않나요? 여기에 어울리는 그림은 뭘까요."

"풀 가득한 풍경화 정도면 좋을 것 같아요."

"딱인데요. 그런데 이런 액자를 찾으신 거예요?"

"네, 마음에 드네요. 그런데 당장 사기보단 우선 제가 어울리는 그림을 좀 그려볼게요. 그림이 완성되면 살게요."

"네, 그림 완성하시면 보여주세요. 그런데 그림을 그리세요?"

"네."

"그림을 그리냐"는 질문에 너무 오랜만에 "네"란 대답이 튀어나왔다. 아무 고민도, 의심도 없이 나온 말이라 나조차도 놀랐다.

"아, 저, 액자 사진 하나만 찍을게요."

액자를 손으로 들고 이리저리 살펴봤다. 그러고는 액자 이모저모를 휴대전화에 담았다. 사장에게 인사를 하고 가게에서 나와 천변을 향했다. 조금 더 걸어 아까 앉았던 그늘 아래 다시 앉았다. 가방에서 아이패드를 꺼내 벚나무의 연두색 새순부터 그렸다.

액자를 사기 위해서라면 무엇이든 그릴 수 있을 것 같았다.

작가의 말

스무 살에 글쓰기를 시작해 10년 넘게 펜을 들었지만 단편 소설을 완성한 것도, 그 소설로 책을 출간한 것도 이 소설 『티벳상점』이 처음이다. 작중 그림을 그리는 연희처럼 나도 20대 시절 글을 쓰며 많은 것들에 도전했고 많은 것에 실패했다. 이후 20대 후반이 돼서야 취업 전선에 뛰어들었지만 한동안 연거푸 낙방하고, 다니던 회사가 어려워져 퇴사하기도 하고, 전셋집에 문제가 생겨 큰돈을 날릴 뻔한 악재가 겹쳤다. 나는 당시 이 불운의 원인이 실력에 비해 너무 큰 꿈을 꾸느라 결국 아무것도 이루지 못했고, 취업, 승진, 결혼 같은 내 또래가 부딪히고 있는 인생의 과제들 또한 외면해 왔기 때문이라고 자책했다.

그런 내가 다시 글을 쓰기 시작한 것은 내 글에 격려를 아끼지 않은 많은 귀인들을 만난 덕분이다. 혼자 쓰고 보는 것에 만족하던 내가 2023년 기록 콘텐츠 기업 〈미닝오브〉가 진행하는 창작 프로그램에 참여해 처음으로 미술 작품을 소재로 나의 감정을 정제해 바깥으로 표현하는 작업을 시작했다. '일상을 기록하는 삶'에 대한 열정으로 투명하게 빛나던 이들이 다시 글쓰기를 시작한 내게 큰 용기가 됐다. 감정에 관한

글쓰기는 2024년 1월 독립서점 〈부비프〉에서
매주 목요일 진행하는 온라인 글방에서도 약
1년간 지속했다. 많은 감정이 혼란스럽게 엮여
있는 내 글에서 길을 잃지 않고 의미와 재미를
짚어준 책방지기이자 작가 뮤코님과 사려 깊은
글방 모임원들 덕분에 편안하게 작업을 이어갈 수
있었고, 이때 쓴 글들이 이 소설의 모티프가 됐다.
올해 초 같은 서점에서 이 책의 출판과 편집을
맡아주신 주얼 작가님이 운영하는 소설 쓰기
모임에 참여해 이 소설을 완성했다. 소설을 처음
써보기에 내내 불안하고 자주 혼란스러웠지만
그의 따뜻한 조언과 격려 속에 마음을 다잡으며
완성할 수 있었고, 작가님께서 감사하게도 이
소설의 출간을 제안해 주셨다. 혼자서 용기가
없어 발화할 수 없던 말들이 글쓰기로 인연을
맺은 분들의 힘으로 세상에 나왔다. 바쁜

일상에도 늘 나의 안부를 궁금해하는 오랜 벗들의 응원도 큰 힘이 됐다.

*

나는 요즘 어느 때보다 바쁜 나날을 보낸다. 생업과 함께 글을 쓰는 일상을 유지하면서 지나치게 소진되지 않기 위해 노력 중이다. 가장 공을 들이는 것은 식사와 운동이고 짬을 내어 취미 생활도 즐기며 쌓인 스트레스를 푼다. 나는 글을 쓰는 사람으로 오래 남기 위해 중요한 것은 건강한 일상이라고 생각한다. 열정 하나로 다 될 줄 알았던 20대를 갖은 성장통 속에서 보내며 배운 것이다. 지금도 나는 내가 쓴 것들에 실망하고 원하는 대로 글이 써지지 않을까 조바심을 내지만 그 감정에 오래 머물지 않는다.

하루를 마무리하는 짧은 시간 동안 편안하게 글을 쓰고 잘 쓰지 못해도 어쩔 수 없다고 '쿨하게' 생각하며 잠에 든다. 이런 태도로 글을 쓰면서 달라진 게 있다면 글을 쓰는 시간이 예전보다 더 반갑고 감사하게 느껴진다는 것이다.

최근 프리다이빙에 빠져 있다. 잠수 전 들숨으로 폐 안에 가득 공기를 채운다. 잠수 중에는 고막을 압박하는 수압을 수시로 '이퀄라이징'하며 이겨내고, 목구멍이 갑갑하고 가슴이 타오르는 듯해 공기를 당장 들이키지 않으면 죽을 것 같은 '호흡 충동'이 느껴질 때는 속으로 "할 수 있어"를 되뇌며 버틴다. 이런 고난을 왜 시간과 돈을 들여 겪는지 의아할 수 있겠지만 바다의 푸른 속살을 맨눈으로, 온몸으로 느끼는 짜릿함과 함께, 잠수를 마치고 다시 땅으로 돌아와 다디단 공기 한 움큼 크게 들이마시는 쾌감이 내가 프리다이빙을 계속하는 이유다.

    프리다이빙을 배우며 작가의 삶이 프리다이버의 삶과 비슷하다고 생각했다. 나에게 작가란 삶이라는 바다를 맨몸으로 유영하고 때때로 파도처럼 밀려오는 감정을 깊숙이 파고들어 글로 쓰는 사람이다. 마음에 드는 글이 써지지 않으면 '자기 비하 충동'에 빠지는 것이 나의 문제였다면, 지금 나는 창작하는 동료들을 만나거나 프리다이빙과 같은 '쓰지 않는' 일상에 기대어 종종 위로를 얻는다. 또 잘하지 못하는 나를 한심해하지 않고 스스로에게 "괜찮다"라고 말하며 격려한다. 이후 다시 글쓰기란 '나의 땅'에 돌아왔을 때, 맑은 정신과 가뿐한 몸으로 노트북 앞에 앉을 때 프리다이버가 수면에 올라와 다시 숨을 쉬는 것처럼 진짜 나로 살아 숨 쉬는 것 같은 쾌감과 감사함을 느낀다.

*

『티벳상점』은 아직 궤도에 오르지 못한 아마추어 작가가 시간과 공력을 들여 겨우 탄생시킨 미성숙한 작품이다. 그렇지만 일상과 글쓰기의 균형감각을 발휘해 적당한 페이스를 유지하며 내가 도달할 수 있는 가장 깊은 마음을 솔직하게 기록하는 데 최선을 다했다. 그렇기에 주인공 연희의 새출발과 성장을 다룬 이 소설은 내 글쓰기 여정의 새로운 출발점이자, '글 쓰는 나'의 성장을 담은 결과물이기도 하다.

끝으로, 누구보다도 나의 글을 기다리셨을 부모님, 가족들에게도 이 책을 빌려 깊은 감사의 말을 전한다.

2025년 8월

이지안

작가 인터뷰

Q. 『티벳상점』은 작가님이 공식적으로 발표하는 첫 소설이지요. 처음은 늘 특별한 느낌을 주는 것 같습니다. 첫 소설을 세상에 내어놓는 소감이 어떠신가요.

A. 인터뷰 답변을 작성하는 현재 최종 원고 마감을 4일 앞두고 있는데요. 남은 4일 동안 원하는 만큼 글을 잘 다듬을 수 있을까 걱정이 가장 큽니다. 퇴근 후의 대부분의 시간을 작업에 매달리고 있는데, 한 번도 해본 적 없는 일이라 좋은 결과물을 낼 수 있을지 중압감이 들어요. 그래도 항상 꿈꿔왔던 일들을 실현하게 되어서 마음속에서 뭔가 해소된 느낌입니다. 제가 계속 글을 쓰게 하는 동력 중 하나가 마감을 무사히 넘겼을 때의 쾌감, 보람 같은 것인데요. 작업을 무사히 완주해 낸 그날의 기쁨을 상상하며 고단함을 이겨내고 있습니다.

Q. 이 소설의 주인공인 '연희'가 작가님의 자전적 인물인지 궁금한 분들도 계실 것 같아요. 만약 자전적 소설이 아니라면, 이 이야기의 시작이 된 작은 일화나 계기가 있으셨나요?

A. 평소 심리에 관심이 많아 관련 유튜브와 책을 자주 보는 편인데요. 지금껏 살아오며 겪은 사건에서 느꼈던 강렬한 감정들을 글로 쓰며 꼭 해부해 보고 싶다는 생각이 있었어요. 자라면서 겪은 가족과의 일들, 글을 쓰는 과정 중 찾아온 좌절, 연인과의 이별 등을 겪으며 느꼈던 분노, 불안, 슬픔, 허무함 같은 감정들이죠. 이런 사건들을 겪으며 감정이 강하게 올라오면 즉시 제 마음을 기록하곤 했는데요. 이 소설은 그동안 축적한 저의 경험과 감정의 기록을 재구성하고 상상력을 가미해 썼어요. 그런 면에서 연희는 저의 자전적인 인물이라고도 볼 수 있어요. 특히 다양한 글쓰기 모임에 참여해 이런 제 글에 공감해 주는 많은 분들과 만나며 자신감이 생겼던 것 같아요. 더 대중적인 글을 써보자는 결심이 서서 소설로 발전시키게 되었습니다.

Q. '연희'는 13년 동안 그리던 그림을 그만둔 뒤 작은 회사에 취업하고, 다시 더 큰 회사로 이직합니다. 그곳의 인사 평가 시스템에서 안전함을 느끼는 부분이 인상적이었어요. 시험 좋아하는 학생 없듯 인사 평가 좋아하는 직장인이 있을까 싶었거든요. 연희는 말합니다. "고과 A, B, C 중 하나를 받았고, 같은 등급의 사람들과 한배를 탔다는 느낌은 안도감을 줬다. 나는 이것이 '안전하다'라고 느꼈다. 그림을 그릴 때는 혼자서 나를 증명해야 했다."(18쪽)

이 대목을 읽으며 '한 명의 작가'일 때 연희가 느꼈을 불안과 고독, 존재에 대한 위협 같은 것들이 진하게 느껴졌습니다. 작가님도 이 소설을 통해 '한 명의 작가'가 되셨는데요. 자신을 증명해야 한다는 부담감을 느끼시나요? 그렇다면 어떤 방식으로 해소하려고 노력하시나요.

A. 20대 시절 저 자신을 '글쓰기에 탁월한 사람'으로 세상에 증명해야 한다는 생각을 많이 했는데요. 당시를 돌이켜보면 저의 20대는 지금처럼 취업난이 심한 시절이기도 했고 오랫동안 정체되어 있는 저와 달리 이름난 회사에 들어가 자리를 잡은 친구들을 보면서 자격지심도 많이 느꼈던 것 같아요. 내가 그 친구들보다 유일하게 잘할 수 있는 건 글쓰기니까, 글쓰기로 내 자존심을 지켜야 했다고 생각했던 거죠. 지금은 그냥 매일 짬을 내어 글을 쓴다는 것에 만족하며 살고 있습니다. 어떤 날에는 몸이 너무 지쳐서 그마저도 내기 어렵지만 그냥 이렇게 저와의 약속을 지키는 데 만족해요. 글쓰기를 잠시 포기한 몇 년간이 마치 죽은 시간처럼 느껴지기도 했지만 지금 와서 되돌아보면 '글을 쓰지 않는 나'에 대해 꽤 심도 있게 탐구한 시간이

된 것 같아요. 많은 사람을 만나고 취미 생활에 빠져 보내기도 하고요. 어렸을 때는 '나는 조직 생활이랑은 안 맞아'라고 생각했는데 지금껏 무탈하게 회사 생활을 버틴 걸 보면 나이가 들면 들수록 저도 몰랐던 저의 새로운 모습이 계속해서 수면 위로 드러나는 느낌입니다. 예전엔 '글을 쓰는 나'가 제 자아에서 너무 많은 부분을 차지했는데, 지금은 글쓰기 외에 좋아하는 것들이 더 많아지고 그것에도 기꺼이 시간을 내는 저 자신을 편안하게 받아들이고 있어요. 그러면서도 아직도 글을 쓰고 싶어 하는 저 자신이 사실 놀라워요. 저에게는 글을 쓰는 게 가장 좋아하는 일은 분명 맞는 것 같습니다. 그런데 좋아하는 일을 하면서 너무 지치거나 전처럼 그 일로 인정받지 못한다고 자기혐오에 빠지면 안 되니까 글 쓰는 것 외에도 다양한 것을 열심히 시도해

보고 있습니다. '균형감각'을 발휘하는 것이 제가 그간 시행착오를 겪으며 찾은 오랫동안 글쓰기를 할 수 있는 방법입니다.

Q. 『티벳상점』은 단순히 개인의 이별과 회복을 다루는 것이 아니라, '한 시절과의 화해'라는 더 넓은 감정적 지대를 건드리는 듯합니다. 특히 화해의 방법으로 택한 방식이 흥미로웠어요. 티벳의 장례문화인 '천장'과 그에 얽힌 '노란 리본', 그리고 티벳상점의 '반지'는 기억을 저장하는 방식으로 소설에 인상적으로 삽입되어 있습니다. 이 사물들을 통해 주인공이 감정을 정리하는 과정은 작가님에게도 상징적인 장면이었을 것 같은데요, 이 문화적 요소들은 어떻게 구상하게 되셨나요? 덧붙여 티벳상점이라는 공간을 그리실 때 가장 신경 쓴 부분이 있었다면 무엇인지도 궁금합니다.

A. 제목이 '티벳상점'이다보니 이 공간의 역할을 어디까지로 규정해야 하나 고민되었습니다. 판타지적인 요소를 넣어 공간의 역할을 더 부각할까도 싶었지만, 이 소설에서 진정으로 말하고 싶었던 건 연희의 치유와 회복이기 때문에 연희의 이야기가 더 잘 드러나야 한다고 생각했어요. 티벳상점은 연희의 회복에 결정적인 힌트를 제공하는 곳으로, 이 공간이 주는 것들이 연희가 살아가는 일상과 유기적으로 연결되어야 한다고 생각했습니다. 그래서 연희가 상점에서 집으로 가지고 가는 반지, 노란 리본 같은 사물에 더 큰 역할을 부여했습니다.

티베트의 천장은 기사에서 읽고 처음 알게 되었는데, 장례 방식이 독특한 데다 아직도 티베트 사람들이 죽은 자의 영혼을 하늘로 올라가게 하는 의식으로 천장을 치르고 있어

인상적이었어요. 저는 이 소설을 구상하던 당시에 상실이란 무엇인가에 대해 자주 생각했는데요. 상실이란 천장에 담긴 티베트 사람들의 생각처럼 소멸해서 사라지는 게 아니라 원래 있던 곳에서 다른 곳으로의 이동에 더 가까운 것이라고 생각했습니다. 그래서 천장을 소재로 글을 한번 써보고 싶다고 생각했습니다.

    소설 속 반지, 노란 리본은 실제 천장에서 활용되는 소품은 아니고 연희가 지나온 과거를 상징하는 역할로 제가 창조해 냈는데요. 이 소품들을 상자에 봉인하는 행위는 연희가 자신을 힘들게 한 과거를 기억 속에 봉인하고 새출발하겠다는 의지가 담긴 의식입니다. 연희에게 이 의식이 지난했던 과거에서 떠나 새로운 시작으로 나아가는 천장과 같은 의미를 가졌으면 좋겠다고 생각했어요.

Q. 이 소설에서는 '겨울'이라는 계절이 인물의 내면과 겹쳐 감각적으로 그려집니다. 단칸방에서 작은 라디에이터에 의지해 겨울을 나는 애인이 얼어 죽을까 봐 불안하고, 그래서 내내 겨울을 싫어했던 연희의 마음이 꼭 혹독한 겨울 같았거든요. "눈이라도 오면, 찬 바람이라도 불면 네가 사라질까 봐. 네가 얼어 죽어 없어질까 봐. 그래서 나는 널 붙잡지 못했던 건지 몰라. 네가 죽으면 나도 죽어야 했는데, 나는 미치도록 살고 싶었거든."(48쪽) 끝내 연인과 이별한 연희는 이렇게 말하는데요. 이 문장 역시 참 겨울 같다는 생각과 동시에, '사랑이란 서로 같은 행위를 하는 것일까'라는 질문이 생기기도 했습니다. 작가님이 생각하는 사랑이란 무엇인가요? 사랑이란 어떤 관계여야 한다고 생각하시는지 듣고 싶습니다.

A. 예전에는 사랑이 꺼져가는 영혼에 생명을 불어넣는 것이라고 생각했던 것 같아요. 사랑을 얻는 것에 갈급했고 상대에게 바라는 것도 많았죠. 내가 겪은 고통을 나처럼 똑같이 온전히 느끼고 이해해 줄 수 있는 상대를 만나면 이 고통에서 해방되지 않을까? 너와 내가 같아야, 같은 걸 하고 느껴야, 그게 서로를 구원할 수 있는 진정한 사랑이라고 생각했던 것 같습니다.

지금은 그런 사랑은 제가 자신이 없네요. 누군가 제 이상형을 물으면 자율주행 자동차처럼 스스로 알아서 잘 굴러가는 사람이라고 말합니다. 자기 사랑이 투철한 사람을 만나고 싶어요. 그런 사람 둘이 만나 각자가 원하는 곳까지 가는데 너무 외롭지 않도록 같이 걸어주는 것, 상대가 도움이 필요할 때 잘 들어주고 잘 먹이고 잘 재워주는 것. 그 정도면 충분한 게 아닌가 싶어요.

그런 두 사람이 자기 사랑을 중심으로, 상대의 사랑을 동력으로 어떤 것까지 창조할 수 있을지는 아직 잘 모르겠지만 분명 굉장히 좋은 걸 만들 수 있을 거라고 생각합니다. 그런 사랑이야말로 타인에게도 대가를 바라지 않고 마음으로 줄 수 있는 사랑이라고 생각해요.

Q. 연희와 아버지는 여러 가지 면에서 참 많이 닮은 것 같아요. 굳이 많은 말을 하지 않는 성격이나, 길 잃은 것을 들키고 싶지 않아 집 밖으로 나가는 점, 삶에서 수차례 포기와 도망을 경험했다는 점 등에서요. 부녀가 닮은 듯 다른 삶을 살아가는 것을 보면서, 한 가족 안에서 세대를 걸쳐 반복되는 삶의 문제들이 묵직하게 다가왔습니다. 두 사람의 관계를 통해 독자들에게 전하고 싶은 이야기가 있었다면 무엇일까요? 덧붙여 연희가 '버리지 않을 하나의 그림'을 엄마가 아니라 아버지에게 고르도록 한 건 어떤 이유였을까요?

A. 소설에서 주인공 연희의 성장이 시작되는 중요한 지점이 아버지의 선택을 비로소 이해하게 되는 순간이라고 생각했어요. 그림과 사랑, 그동안 자신이 공을 들인 것에 실패한 후 연희는 어떤 선택을 할 것인가가 이 소설의 가장 중요한 화두인데요. 시절과 상황에 발이 묶여 결국 회피를 선택한 아버지를 '그럴 수도 있다'라고 연희가 인정하고 이해하지 못했다면 아버지를 향한 분노는 계속됐을 것이고 아버지와 같은 회피를 선택한 자신을 향한 혐오도 계속됐을 거예요. 하지만 연희는 연인과의 이별을 계기로 아버지를 이해하게 되고, 아버지에 대한 분노 뒤에 감춰져 있던 딸로서 느끼는 아버지에 대한 사랑, 그리고 말은 없어도 그동안 자신의 꿈을 지지해 준 아버지에 대한 감사 또한 느낍니다. 관심과 보호를 받고 자라야 하는 어린 딸이 아닌

늘 모든 것을 스스로 책임져야 하는 가장처럼 살았던 연희가 불완전하지만 아버지에게 그런 사랑을 받고 자랐다는 걸 뒤늦게 깨닫는 거죠. 버리지 않을 하나의 그림을 아버지가 고르게 하는 장면은 그런 아버지의 진심을 연희가 느꼈음을 받아들이고 감사를 전하는 연희 나름의 표현입니다.

Q. 티벳상점이 연희의 치유를 상징하는 공간이라면, 피부과 병원은 연희의 결핍과 상처, 욕망이 드러나는 공간으로 보입니다. 특히 의사와의 관계를 통해 연희가 자신의 상실을 복기하는 장면들이 인상적이었는데요. 상처 입은 인물(연희)이 타인(의사)의 '정상성'과 마주할 때 생기는 미묘한 감정을 그릴 때, 특히 어떤 점을 염두에 두고 쓰셨는지 궁금합니다.

A. 소설 앞부분에서도 드러나듯 연희는 자신을 드러내는 것을 꺼리는 인물입니다. 누구에게도 자신의 과거와 상처를 들키고 싶지 않은 거죠. 그런 점에서 연희에게 피부과 의사는 결핍이라는 게 전혀 없는 '완벽한' 사람처럼 보이고, 의사가 보이는 관심에 연희가 기분은 좋지만 겁을 내는 이유도 자신의 상처를 그에게 들킬까 여서죠. 제가 연희였다면 '도대체 이 사람은 나의 어디가 좋은 걸까'를 궁금해할 것 같아요. 연희는 자기 자신을 '실패' 그 자체로 규정하고 있으니까요. 힘든 사랑을 막 끝낸 시점에 만난 사람이기에 더 자신이 없죠. 하지만 일에도 성실하고, 관심(?)에도 성실한 이 의사는 다리가 빨갛게 부어오르는 것도 모르고 일에 열중하는 연희의 진가를 알아봅니다. 연희에게 이직을 제안하는 헤드헌터도 사실 같은 역할을

하는 인물이죠. 이 두 사람은 연희가 자신의 진가를 바라보게 하는 거울 같은 사람들입니다. 특히, 의사의 경우 연희가 회복을 시작하는 데 촉매가 되는 건강한 타인으로 그려지기를 바랐어요. 마음이 앞서 연희에게 어설픈 표현을 하고 내성적인 연희와 달리 유쾌한 성격으로 간호사들과 잘 지내는 모습을 그린 것도 이 의사가 순수하고 좋은 사람으로 보이길 바랐기 때문입니다.

Q. "나는 물감 상자를 열어 오랜만에 검은색 물감의 뚜껑을 열었다. (……) 스케치북 위에 검은 물감을 쭉 그었다. 오래되어 갈라진 붓끝 틈새로 선이 시냇물처럼 흘러나왔다."(70~71쪽)

오래되어 갈라진 붓끝에서도 시냇물 같은 선이 흘러나왔다는 이 대목이 울림 있게 다가왔습니다. 예술가도 아니고 직장인도 아닌, 내내 경계인처럼 보이던 연희가 드디어 양쪽 모두에 속하게 된 순간이었던 것 같아요. 다시 '그릴 수 있는 사람'이 되었으니 다시 '사랑할 수 있는 사람'도 되겠구나, 싶기도 했고요. 개인적으로는 참 마음에 드는 결말이었는데요, 작가님이 고려한 또 다른 결말이 있으셨다면 어떤 이야기였는지, 그럼에도 이 결말을 택한 이유는 무엇이었는지 듣고 싶습니다.

A. 저는 좋아하는 뭔가를 시작하고 결심하는 데 거창한 사건이 필요하다고 생각하지 않습니다. 관심 있던 것을 시도하고 즐거워하고, 때론 실망도 하지만 그래도 꾸준히 그걸 해내는 나를 지켜보는 시간이 오랜 시간 쌓여서 '좋아하는 일'이 된 것이라고 생각해요. 연희가 그림을 그려야겠다고 마음을 먹은 것도 이런 시간이 꾸준히 축적된 결과였을 거고요. 그래서 결말에도 연희가 자신이 결국 그림을 좋아하게 된 '작은 마음'을 회복해 가는 과정을 담았습니다.

여기에 추가하고 싶은 장면이 더 있다면 '남에게 인정받는 그림을 그렸던 연희가 그림 자체를 순수하게 즐기기 시작한 지금은 어떤 그림을 그릴까'에 답이 될 수 있는 장면입니다. 달라진 연희라면 자신의 상처를 은밀하게 그린 일기 같은 그림이 아니라 자신의 그림을 향한 그

순수하고 깨끗한 마음을 내보이는 것에 열중할 것 같아요. 연희는 전쟁터 같은 세상에서 위안이 되었던 그림 때문에 좌절하지만, 결국 자신과 타인을 용서하고 다시 그림을 시작하죠. 그녀의 눈에 보이는 가장 아름다운 것은 그림으로 다시 돌아가는 자신의 한결같은 그 마음일 것 같아요.

monostory 003

티벳상점

초 판 1쇄 펴낸날 2025년 8월 20일

지은이 이지안
작가 인터뷰 박은지(부비프 대표)
편집 | 디자인 | 제작 주얼

펴낸곳 이스트엔드
펴낸이 주얼
이메일 eastend_jueol@naver.com
S N S @eastend_jueol
ISBN 979-11-993866-0-0-03810

이 책의 판권은 지은이와 이스트엔드에 있습니다.

이 책 내용의 전부 또는 일부를 재사용하려면 반드시 양측의 서면동의를 받아야 합니다.

파본 도서는 구입처에서 교환해 드립니다.